雑草は踏まれても
花が咲く

田中雅弘

文芸社

もくじ

本作は、事実を基にしたエピソードを掲載していますが、作品中の氏名は原則仮名としています。

福島にて

昭和四（一九二九）年二月二十七日、佐藤家の四番目の子として福島県にて誕生。末っ子の私は、実の兄弟と遊んだ記憶がない。兄弟言葉で話したこともなかった。

私が物心ついた頃の思い出である。

言うことをきかない悪い子だったのだろう。母親から馬乗りになってせっかんされ、恐ろしい親と思っていた。

小学校入学当時はまだ着物姿での生活だった。

小学校二年の九月頃、秋の収穫期のことである。母が脳梗塞で倒れた。家族は、幼い私の処遇に困り、親戚などとも相談したという話はあとから聞いた。長兄は小さい弟などはいらないと言っていたそうだ。

結局、親兄弟の縁を切って、母の実家の口利きで杉田村隠里の丹野家に預けられることになったのである。このようになったいきさつは、まだ幼かった私にはなにも教えてくれなかった。丹野家に連れて行ってくれたのは姉の夫であった。「オラァ、こんなとこいやだ」と言ったら、裏山に連れ出されて、「いやと言うなら死ぬまで殴ってやる」と殴られた。今でもその痕が残っている。義兄は他人であると思い知った。

まず、小学校の転校である。それまで暮らしていた石井村から阿武隈川を隔てた杉田村隠里までは直線距離にして十二キロぐらいだが、最初は言葉の違いに驚いたものだった。阿武隈川の西と東ではこんなに文化に違いがあるのだということをまずもって体験した。

ここで丹野家の家族構成を紹介しておこう。

丹野家には、敏江婆を筆頭に、家付き娘の昭子、その婿養子である富雄がいた。二人には娘が三人いて、長女歌子、次女浩子、そして末娘の照子は、当時まだ乳児であった。

ここに私が加わるわけだ。これから先どんな展開が待っているのか誰にもわからない。転校したのは晩秋の頃だったと思う。二年生もあっという間に過ぎた。

小学校三年になると、照子をおんぶして学校に行くようになった。「照子をお守《も》りしながら学校に行くならよいが、連れて行かないなら学校を休んでお守りをしろ」と言われていた。私はどうしても学校に行きたかったので、照子も学校に連れて行った。すると、級友からは「赤ん坊は小便臭い」とか、「近よるな、外へ行け」とかよく言われたが、学校へ行けば友人もいるし、楽しいところだった。

渡辺先生（三年生の担任）は私の勉強の面倒をよく見てくださった。放課後特別に指導してくださったのである。

四年生になると三菅和夫先生が担任になった。旧制中学出の、若い代用教員だった。

丹野家では、農繁期に入ると、私は学校を休んで田畑の仕事をした。

朝は五時半か六時に起こされ、家中の掃除をしてから朝食を取る。そのあとは田んぼか畑に出て農作業の毎日であった。登校できるときは八時まで仕事をして、それから学校に行っていいよと許可が出るのだ。だいたいいつも遅刻で、朝礼に顔を出したことはなかった。始業に間に合うのは週に一度か、雨が降ったときだけだったから。

仕事に失敗すると季節に関係なく、昭子に頭から柄杓で水をかけられ、その柄杓でいやというほど頭を叩かれるのは日常茶飯事であった。昭子は手では叩かない、必ず棒のようなもので叩くので痛い。自分の子供はご機嫌をとってちやほやして勉強させていた。学校を休ませて仕事の手伝いなどさせたことはなかった。

昭和十二（一九三七）年七月七日、盧溝橋事件を発端として日中戦争が勃発。

これを機に教育方針が変わったのか、ちょっとしたことで三菅先生も殺気立ち、よくビンタを受けたり、拳骨で叩かれたものだった。先生は、私を殴っても親がいるわけでもなし、文句を言う人がいないので私を標的にしていたのだと思うが、私は、それにも耐え忍んだのだった。

雨が降れば登校の許可が出るので、毎日雨が降ればよいと思ったこともあった。

農作業はつらかった。時たま末娘の照子を「お守りしろ」と言われるとほっとしたものだった。

四年生と五年生の一学期と二学期はあまり学校に行かなかったが、問題なく進級できた。

六年生になると、丹野家の人達には「十歳を過ぎたのだから大人と同じだ」とよく言われた。

「お前は馬鹿でもいいんだ、力さえあればいいんだ」

そう言われて私は丹野家では育てられたのだ。この言葉は敏江婆も昭子も口を揃えて言っていたね。このように、「馬鹿でもいいんだ」と面と向かって言われるたびに私ははらわたが煮えくり返る思いをしてきたのである。昭子は、自分の子供の担任の先生に付け届けをしてご機嫌を取っていた。自分の子供の成績をよくしてもらいたくてやっているのだろう。

時たま登校して級友同士が喧嘩をしている場面に遭遇する。すると三菅先生はそこに私が居合わせただけで、私にもビンタをするのだった。

三菅先生は四年・五年・六年生と三年間担任だった。私は三年間を通して一学期・二学期はほとんど登校しなかったが、三菅先生は丹野家に私を登校させるよう交渉することすらやってくれなかった。教育者としては失格だ。

ほとんど学校へ行けていなかった私は、割り算も算盤もできなかった。小学校を通して、夏休みの宿題や夏休み帳なるものは昭子に取り上げられ、勉強などしたことはなかった。

四年生の頃のいやな思い出だが、冬休みの宿題の書き初めをしようと硯を用意したら、それを土間に叩きつけて割られてしまった（婿養子の富雄の仕業だ）。このようないやがらせは日常茶飯事であった。

登校時間不足ながら義務教育の六年間を終え、卒業することができた。三菅先生に殴られたり、ビンタをもらったりして、恨みを持って卒業した者は私のほかにも多勢いたね。

そのあとは尋常高等小学校に入学した。丹野家からは「学校の授業料を納めてやるんだ、ありがたいと思え」と言われたことがある。

そんなこと言われたって、年に十日くらいは登校したかなァ……？　雨が降ろうが雪が降ろうが、常時野良仕事の毎日であった。

家畜（牛・羊・にわとり）等の世話は全部私の仕事である（富雄殿はなにをやっていたのだろうか）。

この頃になると戦時色が強くなってきて物価統制が厳しくなり、農産物（穀物）の売り買いはできなくなった。闇取り引きでの動きが激しくなったが、丹野家では闇米も売って金を貯めこんでいたのを覚えている。

東京から疎開している人が着物を持ってくると、物々交換と言って米をあげていたね。それに反して、東京の叔母が手土産ぐらいで特別な物は持って来ないと相手にもしない冷たい家風だった。特に昭子は家付娘で婿取りでもあり、亭主を尻に敷いていると村中でも有名だった。

昭和十六（一九四一）年、尋常高等小学校の二年生の時には、戦時中だったが宮城県松島海岸への修学旅行があり、「行ってこい」と昭子が旅費を出してくれた。

私は汽車に乗るのも、海を見るのも初めての経験だった。汽車の速いこと、ビックリしたね。

二年間を通して何日登校しただろうか、一応名目だけは杉田村尋常高等小学校を卒業したが、級友の大半は軍需工場へと駆り出されていった。私は農業をやっていたが、四月からは一週間に一度くらい、軍事訓練が義務化された。私は体は小さいが、力が強く、声の大きいのは人一倍だったので教官からよく褒められた。

田畑の仕事も大変だったが、五月頃になると養蚕が始まる。これがまた大変忙しいのである。蚕が大きくなるにしたがって、夜寝る時間もなく、夜中に桑を用意する。蚕が成長しきって一区切りがつくと、一週間くらいで繭ができる。田植えと時期が同じなので、農家にとっては一年中で最も忙しいのである。繭は養蚕農家にとって重要な収入源となるものである。

こんなに忙しくても、娘の歌子は女学校に行っているので仕事はさせなかった。私とは扱いが雲泥の差である。そのあげく、敏江婆も昭子も「お前は馬鹿でもいいんだ。力さえあれば」と、面と向かって口癖のように言った。「お前は奴隷として使うんだ」と言わんばかりであった。

昭和十六年十二月八日未明、日本国連合艦隊はハワイ真珠湾を奇襲攻撃。これによって第二次世界大戦に突入したのである。この日の朝はとても寒く、霜が一面真っ白に降っていた。リヤカーを引いて本宮町まで荷物を取りに行った先の店主から、「アメリカと戦争になったよ」と聞いて、身の引き締まる思いがした。

心ない軍部の者達が天皇を担いで始まった戦争である。この頃になると、つぎつぎと民間人が戦地に駆り出されていった。死を覚悟して出征したのである。私達も、その年齢に達した者から出征し戦場へ戦場へと向かった。

私もやむにやまれず兵役を志願するが、入隊の通知を受けながらも、大農家だからと言って取り消されてしまった。「天皇陛下から赤紙が来る」というのは大嘘で、村長と助役などによって出征者が決められていたということがわかった。

日本軍は補給が続かず、戦力を失い、各方面でも苦戦しているようだったが、大本営は国民に嘘をついて「被害は軽微なり」と放送していた。戦地に向かう輸送船は敵アメリカの潜水艦の魚雷によって沈められ、目的地まで辿り着くことができない。すでに日本の本土は米軍の爆撃と艦砲射撃によって主要都市が機能不全になってしまっていた。それでも軍部は本土決戦と国民を煽るが、国民はすでに戦意喪失しているようにも思われた。

それでも、沖縄戦では米軍も相当手こずったと思う。本土の人間より、敵に対する抵抗感が強かったと思うからだ。

米軍は日本に残る無傷の都市広島、長崎へ原子爆弾を投下。これによって軍部も目覚めたか、昭和二十（一九四五）年八月十五日、無条件降伏という形で敗戦という結末になった。日本は世界の四等国になってしまったのである。私はこの日、玉音放送を聞くべくラジオをつけたが、午前中までは敵機が飛んでいて電波妨害テープを撒いていたがために、放送がうまく聞きとれなかった。何度も繰り返し聞いているうちに戦争が終わったということがわかった。この日を境に、世界の情報など入らなくなってしまった。この日の午後は鍬を持つ手に力が入らなかった。

この先日本はどうなるのかと心配だった。年配者には「これからは平和な国になるのだよ」と言われたが、私は平和とか安泰とかを感じたことがないのでピンとこなかった。

昭和二十年十月十五日に日本国軍隊が武装解除となった。私の銃剣も、やつら（米軍）の戦車のキャタピラの下敷になったのだろう。

この頃になると、丹野家の田畑は私が管理していた（富雄殿はなにをしていたのだろう。たぶん、男の子種が……という話をしていたから、子づくりに専念していたのかもね）。

米は年に百俵、繭は春夏秋と晩秋産と年四回で三百五十貫（千三百キログラム）ぐらいだ。麦、大豆、小豆は家庭用に。また、羊は毛を売って金にする。ニワトリは玉子も自家用に使うみたいだが、大部分は長女歌子の口に入ってしまっていた。私は丹野家にいる時、玉子を食べたことはなかった。牛は農耕用と子牛を市場の競りに出す。

戦争が終わって、これからは平和産業である。私もここで百姓をやっていても将来は真っ暗だ。奴隷として使われるのは真っ平だと思っていたが、誰にも相談できない話である。日本は、敗戦という神代の昔から経験したことのない体験を経て新時代に向かおうとしていたが、青年学校は存続できるとのこと。青年学校では軍事訓練を主にしていたが、これからは教養を身につけるために勉強ができる。

ある時、青年学校で、英語を勉強したい者がいたら手を挙げろと言われた。手を挙げたのは、……私一人だった。皆から笑われたね。小学校も満足に行かなかった者がと、自分の馬鹿をさらけ出したようなものだ。しかし、私はこの時、やってやろうと決意した。今に見ておれと自分に言い聞かせたのである。

丹野家にも待望の男の子が誕生した。

私は親兄弟の縁を切られて丹野家に預けられてきたが、兄弟が中国から引き揚げてきていて、日本のどこかにいることを知った。

親友の本田昭三君に「私の親戚のところに行って、次兄がどこに住んでいるか、住所を聞いてきてくれないか」と頼んだ。すると、次兄の住んでいる所がわかったのだ。私は早速手紙を書いた。

すると、兄二人が丹野家にやって来て、「雅弘を東京に連れて行きたい」と言った。

すると……敏江婆さんがえらい剣幕でわめきちらした。

「誰が今まで育てたと思っているんだ！」

そうしてすったもんだしたので、私は「もう一年百姓を手伝って、来年、年明けにやめさせてもらいたい」と申し出た。敏江婆も昭子もそれで納得したようだった。それからの一年はがむしゃらに働いた。いや、こき使われたというべきか。奴隷のように身体が壊れるまで使ってやれと考えたんじゃないかと思うほどだった。

私は隠里以外、どこにも出してもらったことがなかったが、隠里屋敷のことはよく知っていた。

丹野家は私が働いている一年の間に電化という計画を立てて、私が去ったあとに備え、発動機、精米機、耕運機、農機器、脱穀機その他を揃えたそうだ。

私が東京に行って何になるか知らないが、丹野家の人達は「馬鹿でもいい、力さえあれば」と言わなくてよくなったのではないか。どうせ東京に行っても悪い者に誘惑されて不良になって、泥棒か強盗にでもなるんだろうと隠里の近所の人には言っていたそうだ。

私が丹野家を出るにあたって近所の友人達を招きお別れの会を開いてくれたが、ビール三本だけで、つまみは漬物であった。この時、丹野家の人達は誰も顔を出してくれなかった。

もめごとがいやでもう一年百姓を手伝うと言って一所懸命働いたが、別れる時は、なんのありがたみも感じてもらえていなかったのだ。

昭和二十三年三月一日、丹野家でのつらい生活からようやく解放されることになった。荷物などなにもない、身体一つである。

丹野家を出る時になって、昭子が「お前、貯金いくらある?」と言った。今までいろいろなところから貰ったのをこつこつ貯めていたのに、またなにか言いたいのかと思ったら「その金はお前がここにいたから、人から貰えたのだ。それはこの家であげたのと同じだ」と言われて貯金を取り上げられ、餞別のつもりだろうか、現金二百円を貰った。ちなみに当時、二本松から東京までは片道四十五円であった。

途中、三造伯父のところ挨拶に寄った。二百円はないだろうと昭子に掛け合ってくれたが、昭子も強情でそれ以上、なにも出さなかった。

上京するまでの間、長兄のところに身を寄せて開墾の手伝いをした。

上京

昭和二十三年三月二十三日に上京。次兄は結婚したばかりで、杉並区西荻窪に住んでいた。六畳一間の新婚生活に私が転がり込んでうまくいくわけない。私は最初からそう直感した。兄から、中学へ行って勉強するように言われたので通い始めたが、今の時代と違って言葉や文化の違いになじめず、一か月で学校を辞めて田舎に帰った。しかし、戻ったところで、誰も相手にしてくれる者はいなかった。閉鎖的な田舎のことだ。東京でなにをしてきたのか、やっぱり不良少年になって帰ってきたんだぐらいに思っていたのだろう。私はこの時は田舎と東京の生活文化の格差を乗り越えられない、グータラだったのかもしれない。

田舎でぶらぶらしている時、東京の兄の知人から、「クリーニング店で働くところがある。住み込みだがどうですか」というお手紙が届いた。早速上京してそのクリーニング店を紹介してもらった。仕事はなんでも真剣にやらないといけないというのは私の信条だ。

仕事そのものは、体力もあったし、百姓と比べれば楽なものだった。

朝は六時三十分起床、ただちに洗濯場へ。洗濯物をウォッシャーに入れ、スイッチオンにしてから朝食を取る。その間に洗濯物が洗い終わる。食後は天日干しにする（戦後間もなくの東京の空気は綺麗だった）。午後三時頃になると、乾いたものから取り込み、仕上げのアイロンをかける。これを夜の十時ぐらいまでに終わらせる。翌日は仕上げたものをお得意様に配達し、また汚れ物を受け取って帰る（営業も兼ねていたのである）。

私は都会の生活に慣れたら勉強がしたかったので次兄のところに相談に行ったら、「お前は勝手に学校を辞めたのだから、今更そのことに関しては相談には乗れない。二度と学校の話はするな」とはね返されてしまった。

私には学校で勉強するなんて夢のまた夢なんだとあきらめ、仕事に打ち込む毎日だった。

得意先回りを一年以上やっていると、得意先の奥様から「お茶でも飲んでいきなさい」と言われるようになる。初めは遠慮していたが、たびたび声がかかるのでお茶を頂くことにした。何度かこんなことがあって、私の古里の話などまでするようになった。古里東北の訛りが面白おかしく聞こえたのだろう。いつの間にか身の上話までするようになった。私は金もない、小学校もあまり行っていない、勉強したくても、その資金もない等々……。私のことを見てくれる人などいないのだと話したことがあった。

ある初夏の頃のことである。お得意さんの奥さん、ここでは「Sさん」としよう。Sさんに今日は暑いから少し休んでいきなさいと言われ、甘い飲み物を出された。

「奥さん、この飲み物はなんと言うんですか？」

「これはサイダーというものですよ」

「私、生まれて初めて飲みました、ゴチソウサマでした」

そのあとに、奥様は切り出された。

「お兄ちゃん、勉強したいって言ってたよね」

「はい」

「お兄ちゃんが本気でやる気があるのなら、一部屋を与えて学費の面倒を見てもよいと主人が言っているのだけれど、どうしますか？」

「急に言われても……十日ほど考えさせてください」

そもそも、私の上京の目的は勉強することだった。Sさんのこの話を逃したら、こんな好条件は二度とないと考え、Sさんに「お願いします」と返事をした次第である。しかし、今すぐクリーニング店を辞めるわけにはいかない。店のご主人と女将さんに話をして、納得してもらわねばならないことをSさんに話した。夏の暑い時期だった。

それからも、仕事は今まで通りやっていた。秋が過ぎ、年末を迎える頃のことである。

「まあちゃん（私の愛称）もだいぶ仕事ができるようになったので、年明けから給料を上げないとね」

そう言われたが、それはありがたいお言葉と受け止めておいた。

年が明けて一月半ば頃、ご主人と女将さんに「学校に行って勉強したい」と話したところ、他のクリーニング店に移るのだと決めつけられてしまった。私は自分の将来の考えを話し、他の店に行くなんてそんな卑怯なことはやりませんと、二人が納得するまで話し合った。ご主人と奥さんも、ようやく納得してくれた。

二月中頃のことである。

「三月二十日にここを退職したいので、よろしくお願いします」

「よろしいですよ」

引っ越す前に、以前このクリーニング店にお世話いただいたYさんにご挨拶しておかねばならない。

こうしていよいよSさんの家へ引っ越すのだが、荷物があまりないので簡単であった。


Sさんの家族はご主人、奥様、子供さん二人（小学生）。改めて丁寧にご挨拶をした。ここで私は一部屋を与えられ勉強するのだ。感謝・感激。私が小学校も満足に行かせてもらえなかったことを考慮して、ご主人が、学力が高くなくても入れそうな専修大学付属高等学校を受験するようにと考えてくださった。

試験は三月二十四日。どんな問題が出るのか不安だった。試験は五人の先生が代わる代わる質問する口頭試問式だった。

たぶん英語の先生だったと思うが、

「野球の時、手にはめる大きな手袋のような物はなんと言うか」

「グローブです」

「雑草のことなんと言うか」

「わかりません」

そんなやりとりをしたのを覚えている。人前で緊張して答えられないことが多くあった。社会科の先生とは、

「日本は戦争に負けて東京はいまだに焼け野原になっているところがある。君は、そこに家を建てたら、住む人が来ると思うかね」

「戦争で焼け出されて田舎へ疎開した人達が戻ってくれば再建すると思います」

といった質疑応答をした。

午後に発表があった。落ちたかな？　と思ったが、合格であった。

（よし、これからは一所懸命勉強して、今まで小学校に行かせてもらえなかった分も取り返してやる。そして、不良少年とか強盗とか勝手に想像する田舎の人達

を、私は勉強することによって見返してやるのだ。頑張るぞ）
改めてそう決意したのだった。

私は学校へ行く

昭和二十五（一九五〇）年四月一日、入学式の日。奥様に、

「気をつけて行ってらっしゃい、帰るのを待っていますから」

と言われて初登校だ。入学式のあと、教科書を購入して帰ると、奥様が昼食を用意して待っていてくれた。昼食を取りながら今日の出来事を話して、本を購入したことなどを話すと、とても喜んでくれた。

私はここで部屋を与えられ、学費や食費と全面的に面倒見てもらうのだが、これでよいのかなァ……と思うのであった。次兄は私が学校へ行くことは絶対反対と言っていたので、今ここで厄介になっていることも話すことはできない。

学校生活も二か月くらい過ぎた頃のことである。担任の志鶴先生から、「こんな蒸し暑い日はラーメンでも食べたほうが良いのだ。佐藤君、一緒に行こう」と誘われ、生まれて初めてのラーメンを「熱々のラーメンを暑い時に食べるのは身体によい」と言われながら頂いた。

「佐藤君、今度の日曜日に私の大学のスクーリング（短期間行われる講義）に行ってくれないか」

と先生に言われ、戸惑った。年齢は二十一歳だが、高校は一年生。先生は年齢的にもちょうど合っていると思って私に声をかけたのだろう。このことを家に帰って奥様に話すと、

「先生はあなたを真面目な生徒だと見たのでしょう。日曜日には大学に行って、その雰囲気を身体で感じてきなさい」

と言ってくれた。

ある時は歌舞伎を見に行ってくるようにと言って、先生はチケットを下さった。その感想を聞かれたので、「すごく綺麗な女性がいっぱいいいました」と言ったら、

「佐藤君、あれは全部男なんだよ」と言われ、二度びっくりであった。

こうして書いてみると学校生活はいかにも楽しそうに見えるが、私は勉強をおろそかにしたことはなかった。

やがて一学期も終わり、通信簿を頂く時、志鶴先生から「君、あとで話があるから」と言われた。成績が悪くて学校を辞めろとでも言われるのかと心配だった。しばらくして先生のところに行くと、

「君は明日から、私の家に朝八時までに来なさい」

と先生の住所と地図を書いたメモを渡された。帰宅してこのことをSさんに話すと、とても喜んでくれて、「この夏休みにしっかり勉強するがよい」と言ってくれた。

翌日、先生のお宅へ伺ってみると、先生は「君は中学校を出ていないので、この休み中にこれを勉強するのだ」と言って、中学一年から三年までの全教科書を揃えて待っていて下さった。実は本心身震いした。ここで頑張って二学期に備えなくてはならない。自分に負けてはならない。Sさんも期待してくれている。く

じけちゃならない。

こんな毎日を送っているうちに、先生から転校の話を出された。

「今の学校ではこれ以上伸びない。もっとレベルの高い学校へ行ったほうが君の将来のためになると思うが」

そう言われたが、今の実力で編入試験を受けて合格するかどうかだ。志鶴先生は校長に内緒で内申書を書くと言ってくれている。これも一つのチャンスかもしれない。先生の言うように受験してみよう。

「先生がそこまで言ってくださるのなら、私、受験します。その高校はどこですか」

「慈恵医大付属高等学校だよ」

家に帰ってこのいきさつをSさんに話すと、前向きに喜んでくれたが、私にとっては、受験料とか、高校が変わったために教科書も変わるので買い換えなくてはならないのだ。

編入試験は即日発表とのことだった。Sさんは弁当を用意してくれて、「頑張って合格するよう祈っています」と言ってくれた。

午後、結果発表。各科とも受験番号と点数で発表になっていた。英語九十点・化学八十点・社会七十五点・数学と国語六十点という結果で、一応合格。

試験場に入るといつも感じるが、皆利口そうに見えるのだ。しかし、皆が合格するわけではない。編入試験としては良い成績の部類だった。

学校は世田谷区池尻にあり、旧陸軍の兵舎だった。ここで私は無我夢中で勉強に励んだ。学校生活にも慣れて友人もできた頃のことである。引っ越して渋谷道玄坂近くに住んでいた次兄の家に顔を出した。自分の人生が狂うことも知らずに、私は浅はかな行動を取ってしまったのである。

次兄からは、

「お前学校へ行っているのか、それならここから通学するほうが学校が近いし、渋谷へ引っ越してこいよ」

と言われたが、Sさんの手前もある、義理もある、恩もある。兄貴は私が勉強することに絶対反対だったのが、掌を返したように……渋谷の家から通学を勧めるということはなにか魂胆がある。Sさんのところでは最高の環境で勉強していたのに、きっと兄貴は私を子守や雑用に使って、私の勉強のことなど考えてくれないと思う。ただ親戚の手前、引き取って弟の面倒を見ているというところを見せたいのだろう。私はSさん宅を引き揚げることには相当悩んだ。Sさんともよく話し合った。Sさんは「お兄さんがそんなに言うのなら一緒に生活するのもよかろう」と言ってくれた。私はここでお世話になった恩は自立できるようになったら返したい、必ずお礼に伺おうと心に誓った。

渋谷へ引っ越しといっても、荷物は本と着る物だけだったので二往復もすれば運べてしまった。兄貴の家に越してきて環境はガラリと変わり、私の勉強部屋はなくなった。寝室もなく、家には小さい女の子が二人いる。本棚もないので紙袋に本を入れて、そこから出し入れして勉強するのだ。でも、ここでくじけるわけにはいかない。今まで以上に頑張らなくてはいけない。

子守しろとか、掃除しろとか言われながらのここでの生活にもだいぶ慣れて生活するのも要領よくなった頃のことである。

「お前、アルバイトに行って金を稼いでこい」と、土曜と日曜日にはアルバイトに出された。港湾で船の荷役をする沖仲士の仕事で、非常に危険な作業である。体力は人に負けないし、力もあったので他の人達から苦情は出なかった。私が稼いだ金は兄貴の懐に入り、私には月に二十円くらいくれるだけだった。居候だから文句も言えないが、Sさんのところとは天と地ほど差のある待遇だった。

高校二年の一学期も終わる頃のことである。吉田君という友人から声をかけられた。

「佐藤君は体力がありそうなので、夏休みになったら私の家へアルバイトに来てくれないか」

「君の家はなにをやっているんだい」

「僕の家は小企業で、プレスの精密機器の部品を作っている会社なんだ」

「そうか。君に頼まれれば喜んで働くよ」

私は夏休みの間、プレス工場で働いた。ただし夜は勉強に励んだ。アルバイトが終わると兄貴が早速「お前、貰ったんだろう」と言ってやって来て、バイト代を全部取り上げてしまう。いつもと同じように小遣いに二十円くれるだけで、満足に小遣いも持たせない、人付き合いもさせない。私を孤立させようという考えだなと思った。

(私は社会人として世間を見ている。孤立なんかするものか。兄貴のほうがよっぽど世間知らずのトンカチ野郎だ)

勉強も大変だったが、私は級友に恵まれた。周囲より年を取っていたこともあって、級友は私を尊敬してくれていた。常にトップクラスの連中と付き合っていた。兄貴は、私の勉強のことなど何一つ考えてくれなかった。大学なんか受からなければいいと思っていたのだろう。バイトをさせて勉強する時間を取らせないようにしようと考えていたのではとも思う。

高校三年生の夏休みといえば、大学受験の追い込みである。そんな時期に、次兄から「兄貴のところで出産を控えているから、百姓の手伝いに行ってこい」と言われた。それで福島へ行って昼間の明るいうちは農作業の手伝いをしたが、田舎の農家、夜は電気もないので勉強などできるわけがない。雨でも降って野良仕事ができない時に勉強できたくらいだった。二学期が始まる三日前に帰京して、勉強を頑張らなくてはと夏休みのブランクを取り戻すのに必死だった。やはり兄貴は、私を大学にやりたくなかったのだ。

十月中頃のことである。兄貴が「夜警のアルバイトがあるのでやれ」と言ってきた。時間は夜の十一時から翌朝五時までだという。これは学生にしては相当きつい。体力と勉強を両立させねばならない。

「場所は丸山町の花柳界の中だ」

ここでもやはり手当は兄貴の懐に入ることになるのだった。

学校で授業中に居眠りしていたら、英語の森島先生から「あとで私のところに来るように」と言われ、行ってみると「君は居眠りばかりしているが、どうしてだ」と聞かれた。

「花柳界の街で夜警のアルバイトしているのです」

「君、それはすぐに辞めなさい。大事な受験を控えた時期だ。浪人なんていうことになったら大学へ行かれんよ」

そう言われて、アルバイトを辞めた。このことを兄貴に話すと仕方ないなと言っただけだった。私は大学受験に向かって懸命に勉強に励んだ。私は今まで応援してくださった志鶴先生やSさんの手前、大学受験をやめるわけにはいかない。

私は小さい時から「馬鹿でもいい、力さえあれば」と言われて働かされ、勉強させてもらえなかった。志鶴先生やSさんのおかげでやっと虐げられてきた環境から抜け出せたのに、また兄が私から勉学を、自由を奪おうとしている。部屋代も食費も払わない代わりにアルバイトをして稼がせて、そのアルバイト代を搾取される。そこで私は法律を勉強して兄に対抗しようと考えた。

私は早稲田大学と中央大学の法学部を受験し、どちらも合格した。ところが大学に受かったことについて、歯科医師の次兄とその友人の二人が口を揃えて、「今は不景気な時代だ、文科系の大学を出ても良い就職口はないから、東京歯科大学を受験したらどうか」と言うので早速担任の南先生に内申書をお願いに行った。

「東京歯科大学は難しいぞ」

「兄が『二大学に合格したのだから受けてみろ』と言っているので、よろしくお願いします」

結局、東京歯科大学も合格し、当時の入学金五万円は兄貴が工面してくれた。三月も終わりの頃、すでに高校も卒業していたが、高校へ行ってみると数人の友人が登校していた。これから各々、進学した大学で頑張ろうと励まし合った。

大学生

四月、入学式に出席したら、慈恵医大付属高校から三人合格していることがわかった。お互い頑張ろうと励まし合って前向きにいこうと誓った。大学といっても、大学予科での勉強は高校のちょっと上のレベルにすぎない。私は土曜と日曜日はアルバイトをしていたから、月曜から金曜日の下校後、夜にかけてが勉強時間である。

夏休みなど、長い休みには千葉県大綱白里町の親戚の歯科医院に泊まり込みでアルバイトに出される。アルバイト代は兄貴の懐に入り私は小遣いに三十円くらい貰うだけだった（丸々二か月分のアルバイト代から三十円だ）。

ある日の出来事である。私は学校から帰ると部屋中の掃除や子供の面倒をみるのだが、当時兄宅で同居するようになっていた安雄君という義姉の弟がなにもしない。私が綺麗にした部屋でタバコの灰を落とすので何度も注意したがいっこうにやめる気がないので一撃を加えたところ大喧嘩となり、兄貴も怒って、私は東京芝浦の姉の嫁ぎ先に預けられた。芝浦の義兄は酒が好きで、私にも一杯といって、飲まないと寝かせてもらえなかったね。

姉のところに長くお世話になるのもよくないと考えていたので福島県出身の近藤教授に相談したところ「それでは四、五日待ってくれ」と言われた。すると数日後、

「どうだ、市川市の安立歯科で書生を探しているので、考えてくれ」

私は「ぜひお願いします」と頼んだ。一月の寒い時期だった。

早速、安立歯科へ引っ越した。学校があるのが市川市菅野なので、わりあい早く帰れる。詰襟の学生服のまま「ただいま」と院長のところに行った。

「白衣とネクタイをつけて出てこい」

「ネクタイなどありません」

「金子に出してもらえ」（注・金子は院長夫人）

院長夫人に用意していただいたネクタイに白衣姿で診療室へ出て行くと、

「あの患者の口の中を診てこい」と言われた。

生まれて初めての経験だ。寒い真冬のことだが、体中汗ビッショリで、ネクタイなどしたことないので外したいくらいだった。

「患者を診て、わからないことがあれば院長の白衣を引っぱれ」と言われたが、わからないことばかりだ。すると院長が技工室の黒い板に図を書いてくれた。

「こんふうになっているだろう？　ここをバーで削り、アマルガムをつめなさい」

インバーテットバーで歯を削り、アマルガムを充填した。このような診療を毎日続けてやるのだった。夜、診療が終わって後片付けや掃除をすると九時くらいになる。夕食を取って風呂に入ると十一時。こんな毎日で勉強の時間がない。学年末の試験も目の前に迫っている、できるだけ頑張る、とにかく頑張る、体力のある限り。

書生という仕事は、学期末試験に関係なく働かなくてはならない。学生には試験がつきものなんだ、皆頑張っているのだ、進級するために。

大学一年の学期末試験は結果的には不良だった。九単位を落としてしまったが、ぎりぎり進級はできた。春休みは一日中、日曜日も診療する。歯科の知識などさしてないのに、患者の歯を削ったりしていたのだ。臨床の経験を積むことができプラスになったことは評価したい。とはいえ、今思うとぞーっとするね。今だったら歯科医師法違反で院長共々逮捕されてしまうだろう。

二年の前期が始まると、「佐藤が九単位落とした」とクラスで話題となり、いやな気分だった。なにを言われてもくじけない、そんな気持ちでいた。

私にはなんでも話せる三人のクラスメイトがいた。お互いになにかあると相談して、知恵を出し合って考える友人だ。彼らは、私が書生をやって勉強の時間がないことについても真剣に考えてくれた。

ある時、「旅行をしよう」と寺田君が言いだした。夏休みになった時のことである。院長に「友人と一泊で山に行きたいのでお休みを頂きたい」と申し出たら「一泊ならよろしい」と許可を頂けた。いよいよ寺田君と二人旅である、行き先は赤城山。一泊のつもりが三泊になってしまった。帰ってくると、いきなり「お前は首だ」と言われた。

行くところがないので渋谷の兄貴の家に出戻った。これで、また次兄のところで世話になることになる。

夏休みが明けると、前期の学期末試験である。ここで一年の時に落とした科目と二年前期の科目を全部受けなければならない。自分に言い聞かせる。

（落ち着け、一年の科目、二年の科目は頭の中で仕分けられているな。よし、いよいよ試験だ、頭は冴えている、朝日が昇るごとくだ）

結果は二十五科目、全部合格だった。するとクラスの連中は、佐藤は頭が悪いのではなく、書生をやっていて時間がなかったので勉強ができなかったのだと、皆が称賛してくれた。私も自分の努力が認められたことが嬉しかった。

試験も終わって、楽しみは皆で行く修学旅行だった。私は金がないので行けるとは思っていなかったが、学校行事の一つなので兄貴に話したところ、

「一年の時は行かなかったから、今度は行ってこいよ」

と言って、金を出してくれた。説明によると長野方面である。志賀高原には東京歯科大学のヒュッテがあり、そこへ一泊して、翌日は上高地へ向かう途中に白骨温泉に一泊、その次の日は焼岳登山をした。焼岳山頂は地熱で暖かく、ひと休みして喉が渇き切っていた時、友人の手塚君から水を一杯もらって飲んだのが忘れられない。その後焼岳は何度か噴火をしている（あんなに綺麗だった大正池も一時期は火山灰によって見る影もなかったが、今は以前のように景勝地として復活している）。

登頂をすませ、進んで進んで五千尺旅館に着き、ひと風呂あびて、浴衣姿で河童橋のほうへ散歩に出かけると、穂高の山々がとても綺麗だった。夜は宴会だったが、食事が終わると早々と就寝した。

翌朝、起きてビックリ。昨日はあんなに晴れていたのに、雪が五十センチくらい積もっていたのだ。

現地解散ということで、友人達と松本行きのバスで松本駅へ向かった。松本から東京までの切符を買ったまではよかった。最後は級友の宇山君と二人きりになった。なにか食べたいと思っても二人の財布の残金を合わせてもなにも買えない。二人共腹ペコで帰京したことは今でも脳裏に残っている。あの頃は、常に金がなかった。小遣いを定額で貰うわけでもなかったのに、物を買い込んだ兄貴からよく三越本店に寄って荷物を取ってくるように言われた時は、秋葉原駅から三越本店まで歩いたものだった。

後期が始まった。二年後期になると物理や化学の実習が入ってくる。実験の結果も提出しなければならない。私はなにがなんでも頑張って皆の上に立ちたいと思っていた。家に帰ると子守と掃除が待っている。居候だから仕方あるまい。子供をお風呂に入れるのも私の仕事である。義姉はなにをしていたのだろう、弁当を作ってくれたこともないのに。

学校に行けば、「佐藤はやればできる」というイメージを皆がもっている。それだけに、人に負けるわけにはいかない。そんなことをやっているうちに早いもので数か月が過ぎ、各教科目の教科書も終わった。物理学、化学、科学、英語、国語、ドイツ話、美学、幾何学、理論物理学、生物、数学、統計学などは予科の卒業試験があった。これは専門部への入学試験でもある。

結果は全部合格。私がこの二年間で残念だったのは、慈恵高校から東京歯科大学に入学した者が留年や退学になったことだった。私のように満足に中学校も出ていない者が、アルバイトや書生などをしながら頑張ってここまで来ているのだ、どうしてくじけるんだ。頑張って付いてきてくれよ。

卒業式が終わると、そのあとに茶話会といって教職員を招いて酒宴を開く。二年間お世話になった話に花が咲いた。

水道橋専門部

これからいよいよ身体全体の勉強に突入するのだが、私はここへ来るまでに歯科医院でのアルバイトや書生の経験もあるので、皆よりは臨床を見てきている。解剖はすべて暗記だ。骨学から始まり、血管、神経、筋肉などは全部スケッチする。補綴実習や保存実習では、歯の実物大の彫刻や局部義歯のクラスプ曲げや、鋳造クラスプやレストの鋳造などを実習で学ぶ。また組織学や病理組織学では、顕微鏡で調べたものをすべてスケッチして記録として保存するのだ。

専門部の一年は基礎医学の勉強だったが二年になると歯科以外の医学の教科が入ってくる。外科学、内科学、眼科学、耳鼻咽喉科学、皮膚科学、産科学、産婦人科学、小児科学、脳神経学、心臓循環器学、各内臓のホルモン臓器、内分泌に関することなどを学ぶのである。

私はこの年齢までロマンスとは無縁であった。高校の時は兄貴からアルバイトで金を稼いでこいと言われ、稼いだ金は全部巻き上げられ、わずかな小遣いを貰うだけだった。このことをよく知っていたのが高校時代の同級生で田中という男である。

ある時、彼が突然「俺の従姉妹に一人、一人娘だがいい子がいるから一度会ってみないか。俺の家に遊びに来いよ」と言い出した。時間を作ってアポイントを取って会ってみたら私の好みのタイプだった。

「気に入ったよ、でも、相手はどう思うかな?」

田中君にこのことを伝えて帰った。すると、何日かたって田中君の両親とお姉さんが私の知らない間に渋谷の家に押しかけて、「弟さんを姪の婿養子に頂きたい」と、話をどんどん進めていた。それでとうとう見合い（形だけの）をすることになった。

田中家の人々からは口を揃えて「一人娘で、金も着物も住む所もあるんだ。よかったら結婚しないか」と言われた。

しかし私は結婚の話はいったん横において、臨床実習と勉強に励むのであった。これからどんな試練に遭遇するかわからないと思っていたからだ。

結局、結婚して田中家の婿養子となったのは専門部二年の夏休みの終わり頃で、私は二十七歳だった。義理の父は、我々の門出になんと浴衣姿で現れた。一人娘の結婚式にである。晴れの日をなんと心得ているのだとびっくりした。

新婚旅行は佐渡島一周の旅だったが、なにもかも人まかせで、あまり覚えていない。

夏休みが終わって後期が始まった。他の連中には負けたくなかった。人一倍勉強して人の上に立つ、それが私の目標だった。とにかく、医歯薬の学生は暗記して覚えるのが一番だ。私は他の学生より七歳も上だから、彼らより暗記力も衰えている。人一倍努力しないと勝てない、負けるものか。試験は毎日あるが、いつ試験されてもよいように勉強はしているのだ、ぶっつけ本番の口頭試問もある。

二年生の期末試験も取りこぼしなく終わり、専門部の三年生になった。いよいよ前期の卒業試験である。この難関を突破しなければ、学年途中でも留年になる。皆必死である。

前期卒業試験（登院試験ともいう）も終わり、待望の患者さんと向き合う実際の臨床実習である。クラスがＡＢＣと三つに分けられ、補綴、保存、口腔外科にそれぞれ配属される。私は保存科で配当委員を命ぜられた。役目としては、まず新患を私が診て、虫歯や歯周病の患者を万遍なく行き渡るように配当する。患者の中には虫歯の多い人、少ない人がいて、不公平になると苦情が出るので、初診の時に患者の口の中を記録しておいて、二度目、三度目の配当の時にすべての学生に公平になるようにした。それで、すべての学生はケースを上げる（患者の治療を完了して、指導医からサインをもらう）ことができた。ただし自分もケースを上げなければならないので、そこは要領よくやったのである。一つの科を四か月で、これから補綴科、口腔外科と回るのである。三つの科を一周すると一年かかる。たいていの学生はケースを上げるのにさらに半年くらいを要するが、私は一年間で三科すべてのケースを上げてしまったのである。その後半年で大学卒業になるのだが、臨床実習の合間に補綴や保存の実習がある。

注・専門部三年生の後期から登院になり、四年生の九月半ばぐらいまでに臨床実習が終わる。
ただし一年たってもケースが上がらなかったり、時間数が足りなかったりすると自分で患者さんを連れて来てケースを上げて卒業に間に合わせるという学生もいる。

昭和三十三年八月八日、長男が誕生したという一報を受け、補綴の製作物を造りかけたのをそのままにしてお茶の水の浜田産院に駆けつけ、母子共々無事であることを確認し、安心した次第である。その後学校に戻ってみると、私の製作物や補綴実習の器具が盗まれてなくなっていた。最悪である。私は腹が立って皆に向かって宣言した。

「皆の者、よーく聞け！　私は実習の場所を三時間ほど留守にした、今ここに帰って来たら補綴の道具はほとんどなくなっていた。明日から困る。ゆえに足りなくなった機材は、諸君のところから調達する」

私の言ったことが理解できた者は警戒したと思うが、理解できない者が大半だった。

私は二年分の臨床ケースを一年で上げていたので、他の学生達がケースを上げるために躍起になっている時、図書館に籠って国家試験や卒業試験の勉強をしたり、また、卒業論文を書いたりしていた。私は大学生活には優越感を持っていた。卒業論文を提出した者は十九人いたが、自分の研究を発表して卒業論文賞を頂いた。

東京歯科大学最後の卒業試験もすべて合格で終わり、残すは卒業式と、国家試験の学科試験のみである。

昭和三十四年三月二十五日、東京歯科大学を百五十人中五十六番で卒業することができた。卒業式の後、私は宣言した。

「諸君。私は大学院には行けないが、学位論文はクラスで一番に提出してやる」

そのあと、品川プリンスホテル（現・グランドプリンス高輪 貴賓館）で謝恩会が開かれ、お互い六年間の思い出話に花が咲いたのだった。宴が終わって別れる時は、未来に向かって健闘を誓い合った。

歯科医師国家試験は東洋大学白山のキャンパスで二日間にわたり行われた。

歯科医師として

私は国家試験の終わったその帰りに、東京女子医大口腔外科学教室を訪ねた。受付で「村瀬教授にお会いしたい」と申し込んだところ、ただちに教授室と電話でやりとりし、「正木助教授と来るように」とのこと。待っていると、正木助教授らしき人が現れた。

「君か、田中君は」

「はい」

「教授室に行こう」

村瀬教授も正木助教授も初対面である。二人の先生から、

「なぜにここを選んだのか」

と聞かれた。

「東京歯科でも各科から誘いがありましたが、将来のことを考え、ここならなんでもできると聞いていたのでここを選びました。それに、先輩が多いと聞いておりましたので」

「そうか、わかった。いろいろ聞きたいことがある」

そう言われて口頭試問のような形式であれこれ聞かれたあと、口腔外科学教室に入局を許可された。

「病院は朝何時からですか」

「九時からです」

「では、私は八時四十五分までに参ります。今日は突然お伺いしまして、失礼しました。ありがとうございました」

いよいよ新しい勉強の場である。先輩達に「よろしく」とご挨拶した。病院の見学は一日目だけで、二日目からは新患を配当してもらった。

最初の患者は脳障害をわずらった方で、頭を前後左右に動かし固定できないため、大変難しい患者だった。義歯を造るために来院したのだが、印象採得（歯形取り）するために衛生士に頭も固定するよう命じたが、どうしてもできない。総合病院ともなると、こういう難しい患者が来るのだなァ……と思った。仕方なく医局長を呼んで、ようやく印象採得ができた。

午後になって、医局長から口腔外科学教室の決め事について説明があった。当直は三か月後、手術場は半年後。医局会（会議）は毎週一回行う。研究発表がある。教本は外国の本を翻訳したものである。オーラルサージェリー（口腔外科学）である。

入局して十日目くらいの時である。医局長から「当直を頼む」と言われた。病院側から夕食を出され、入院患者の回診。夜中十二時にも回診がある。そんな最初の当直の時のことであった。医局長が「これは医局の秘蔵書だ、よ～く見るがよい」と言って、女性の裸体の写真を持ってきた。大学ってこんなところなのかって思ったね。

五月初めの頃のことである。女子医大口腔外科から埼玉県秩父鉱山診療所に派遣されている先生から、「鉱山の採石場で女の子が顔面に怪我をした、どうにかならないか」という一報が入った。そこで村瀬教授が防衛庁へヘリの要請をした。ただちにヘリコプターは秩父へと。速かったね。秩父から練馬第一師団に空輸し、そこから救急車で女子医大へ。私は入局して一か月ちょっとだったが、「田中君も手術場に入ってくれ」との正木助教授の命令である。三時間ほどで手術は無事終了した。

夕方、女子医大の吉岡理事長が、手術に立ち会った先生達を新宿の料亭に招待してくださった。私が新入局員なので、まだ独身と見たのだろう。理事長が「綺麗な女医さんがいるのだがどうかね」とおっしゃった。私は返事を濁してしまった。

後日、正木先生が心配して尋ねてきた。

「先日の理事長の話、考えてくれましたか」
「実は……私は学生結婚していて子供もいますので、丁重にお断りさせて頂きます」

卒業して二か月ほど過ぎた頃、卒業論文を返してもらいたいと東京歯科大の教務部に申し入れたが、今は返せないという返事であった。

国家試験に合格したことを文部省に登録しなければならない。昭和三十四年七月三日付で登録が受理された。歯科医籍登録番号四七二九五号である。

そういえば、入局当初に説明のあった手術場には半年は入れないという掟を破って手術場に入ったことは上司の命令だが許されるのだろうか。

五月半ば頃から、日本橋三越本店の診療所へ修業に出された。ここで北村先生と出会うのである。とても真面目そうな先生という第一印象だった。この北村先生が、のちの私の研究の指導をしてくれることになる。三か月ほどで三越診療所を辞め、女子医大口腔外科に戻った。ここでは無給医局員なので、義父からは「いつまで孫のめしの面倒見させせんだ」と大声で何度も怒鳴られたものである。素人は大学を出ればなんでもできると思っている、開業して金を稼がせることときり考えていないのだ。

女子医大に勤めていても当直代が三百円だけ。週二回で月に八回やっても二千四百円。それが三越では月九万円貰えた。大学新卒のサラリーマンが月一万二千円ぐらいの時代だったから、三越では岡田社長（当時）の次が私の給料だ、と話題になったね。

話を元に戻そう。口腔外科教室の掟で、当直は三か月させない、手術場は半年は入れないと言いながら、当直は十日目、手術場は一か月くらいで狩り出される。人手不足であるわけでもないのに「なぜ」と思う。ところがあとで話を聞いてみると、日常、私は患者の接し方がうまく、手術場においても、家族の方や身内の方などに説明するのも他の医局員より丸腰で接するから依頼したとのこと。私は学生時代、夏休みなどは泊まり込みでアルバイトをしたり、大学一年の時から書生をやって現場で治療をしたりしていたから、ほかの新人とは違うように正木助教授や医局長には見えたのだろう。

九月頃から、自宅での開業の準備にとりかかった。狭い空間に椅子二台、レントゲンのスペースを考えた設計で、プラス待合室と技工室。電気、ガス、水道はユニットに設備しなくてはいけない。改造にいくら金がかかるかわからない。三越の給料をプールしておいたのと、義父にも協力してもらい、金を工面して、なんとか改造できた。機械設備も同様だった。

昭和三十四年十二月一日付にて、板橋区南常盤台に歯科医院開設。昼は女子医大勤務、家に帰っての夜間開業であった。歯科医師はボンボン育ちが多く当直なんてやりたがらない。十二月三十一日（大晦日）に当直が当たった。忘れもしない、真夜中の回診の時、物陰から女性の入院患者が急に私に抱きついてきて「先生スキ…」と言った。あれは、さすがに怖かったなァ……。あとでわかったが精神科の入院患者だったそうである。

昭和三十五年三月末日を以て女子医大口腔外科を退職した。自宅診療を朝から本格的に始めることにしたが、歯科医師会に入会すると、会の先生方がいろいろと誘いの電話をくれるのである。学閥、派閥があるということも少しずつわかってきた。

三越診療所でお世話になった北村先生が「佐藤歯学研究所に入らないか」とたびたび誘いに来るので話を聞くことにした。研究内容は歯の萌出である。乳幼児から大人までを対象とした、非常に細かい研究である。

昭和三十六年八月八日、長女が誕生した。今回もお茶の水の浜田産院である。母子共々元気で安心した。私も一男一女の父親だ、頑張らなきゃならない。

私は研究所へ通うことにした。ただし通うのは週二回ぐらいで、診療に重点を置くようにした、自分ではなにをやってもできると自信を持っていたが、近所の人達は私が学生結婚したことも、卒業して一年ぐらいで開業したことも知っている。経験の浅い医者だからと、患者として診てもらうのを迷う方もいたと思う。

そこに義父が口を出してきて、受付窓口で会計の金を取るのはいかがなものかとか、サービスが悪いとか言い出した。私は法律に従っているのだ、窓口で金を取らないのも健康保険法違反になると反論したが、ああ言えばこう言う、私のこういうところが気に食わないらしい。この頃は、診療が終わってから、夜に研究所に行くのが一番気が休めた。診療所と研究所を両立させながら頑張る、研究所に入ったからには学位を取るまで勉強を続けるのだ。

東京歯科大学教務部に私の卒業論文を返してもらうための手続きをするが、やはり返してくれない。その理由も話してくれない。

昭和三十八年四月、長男が小学校へ入学。

昭和三十八年八月十六日、次男が誕生した。長男、長女と同じ浜田病院である。夕方、長男を連れて病院に行って母子共々健全であることを確認し、安心して帰宅した。

研究のほうもだいぶ進み、少しずつまとめて、学会で発表することができた。いろいろと意地悪な質問もされたが、そんなことに負けていたのでは、これから先に進まない。

研究所に行かない日は夜八時まで診療をやっていた。私の医院が駅前にあって目立つので、それが面白くない同業者が歯科医師会を動かして時間規制委員会なるものを立ち上げた。あげく、私まで委員に巻き込むというキタナイ手を使うのだ。

日中は診療に従事、夜は研究所。これを何年も続けて、研究発表するうちに、佐藤歯学研究所も次第に成果を認められるようになっていった。研究発表するのもスムーズにできるようになった。

昭和四十三年四月、長女小学校入学。

私の心に残る学会発表は十数回あるが、その中でも特に覚えているのは東歯学会の最初の時のことである。小児歯科や矯正歯科の医局員が佐藤歯学研究所を見下して、意地悪な質問してきたのだ。次に思い出すのは、東北大学で演壇に立った時のことである。一番前の席に陣取っているのが東京歯科大学の松井隆広教授で驚いた。松井先生といえば、とても几帳面で学生には厳しい先生で有名であった。

私の主論文（学位論文）を発表した岐阜大学学会でのことである。座長は広島大学衛生学の教授であった。普通、発表時間は八分、質問時間二分が規定だが、私の発表に関しては「とてもよい研究だ。続けてください」と言われ、私は三十分間発表を続けた。質問は十五分ぐらい受けたが、全部自分で回答した。座長に「この研究は非常にすばらしい。本人もよく理解し、質問にもきちんと答えられている。立派な研究です」と褒められた。

私は研究したものをまとめて英語に翻訳して欧米諸国の大学や図書館に送った。その後教授達が三週間ぐらいの海外視察から戻って来た時、何人かの教授から「君の論文、海外で見てきたよ」と言われた。口腔衛生学教授の竹内光春先生からは「論文をまとめて教授会に出したらどうか、私がお手伝いしてもいいよ」と言われ、論文を整理し、まとめにかかった。

義父は、私が夜な夜な研究所に出掛けるのが不服のようで、「外に女がいて、そこへ行くんだろう」なんて平気で言う人であった。気にくわないと暴力的になることも多く、刃物を持ち出したり、なにが飛んでくるかわからない。二言目には「ここは俺の家だ、出て行け」と怒鳴り散らすのだ。

こんなことがしょっちゅうあるので子供の教育上よくないと考え、密かに転居するための土地を探しにかかった。ただ、まだ研究論文も途中であるし、当時私は、歯科の勉強をしている娘さんを二人預かっていたので、二人が卒業するまではここにいることにした。

論文をまとめるにあたり、統計学専門の先生にお会いした。

「私の論文は統計学的なので、先生のお知恵をお借りして論文をまとめたいのです」

「そうですか、お手伝いしましょう」

これが、木村正文先生である。

それからは木村先生を中心に、竹内先生と私の三者で、私が今まで研究した資料やデータを検討した。論文の構成は、

（一）緒言、歯牙の萌出現象はいかなる時期に萌出が行われるかよりも、むしろ

いかなる順序で萌出し、いかなる順序で上下顎歯牙が咬合するのか。（二）研究資料および研究方法。（三）研究成績（四）考察、今まで研究したことを再検討したことを述べる。（五）結論、いわゆるまとめである。

論文には三人の意見が強く反映されるものだが、自分の考えを十分に反映できたと思っている。最終的に論文としてまとめるのは私の作業であった。木村先生と二人である程度まとめ、竹内先生のところに持って行くと、手直しされる。論文が赤ペンで真っ赤になることもあった。

竹内先生はしばしば時間にルーズなところがあった。ある時、午後すぐの約束の時間に行って待っていたが現れない。午後四時三十分頃になって、竹内先生がようやく現れると「後楽園のプールで泳いでいた。今日は疲れたからやめよう」と言われた。

「私は患者を断って、先生に論文を見てもらうために来たのに、何時間も待たせたあげく今日はやめようとは、あまりに無責任ではないですか」

その後、先生は時間を守ってくださるようになった。打ち合わせの時間に遅れることもなかった。竹内先生とは小さなトラブルはあったけれど、無事に学位論文としてまとめて教授会に提出することができた。

学位論文の終わりにのぞみ、ご指導ならびにご校閲を賜った東京歯科大学竹内光春教授、ご指導賜った佐藤歯学研究所佐藤貞勝所長に深謝し、ご助言を賜った木村正文先生、ならびに北村晴彦博士、大田寛博士他研究所員各位に感謝の意を表す次第である。


学位論文も東京歯科大学教授会に提出したし、長い研究生活、診療の疲れ、義父との不和もあって、どこか遠くへ行きたい、そんな気持ちでいた時、北海道にでも行こうか……と考えていた。すると、同じように思っていた者が歯科医師会の中に二人いた。意気投合した三人だが、次は北海道のどこを旅するかだ。札幌はもちろん、道東へ行って新鮮な魚を食べたい、温泉にも行きたい、摩周湖も見たい、意見は百出である。

旅行社へ行って航空券、乗車券、宿を調べてもらい、羽田発、札幌の丘珠空港へと旅立った。一泊目は定山渓温泉泊、二日目は札幌から釧路へ向かう。途中、旧友の山田先生（岩見沢在住）に「何時何分岩見沢に停車する、君に会いたし」と電報。すると彼は家族でホームに来てくれていた。少ない時間だったが旧交を温め合った。

釧路の街では見物もしながら新鮮な魚を食したが、実に美味い物ばかりであった。その後、釧網本線にて弟子屈《てしかが》に向かう途中で見た、釧路湿原の地平線に夕日の沈む風景はすばらしかった。

宿に着いてひと風呂浴びて、いざ食事という時になって、東京（自宅）から電話が入った。こんな遠くまで来たのになんで、と思ったら、東京歯科大学の松宮学長から呼び出しの電話があったとのことである。

次の日、私は一人タクシーで釧路へ急行。特急で札幌へ向かった。最終便が出たあとだったので翌朝東京へ戻った。学長にお会いしてみると、

「君の論文を拝見しました。君はクラス一番で教授会に論文を提出した。君のクラスの者も学校に残って研究をしているが、まだ誰からも論文の提出がない。持

ち込み論文をクラス一番で審査するわけにもいかないので、一か月遅れの二番目の審査にさせてくれ」

とのことだった。これにはしぶしぶ承知した次第である。私の論文のタイトルは『乳歯萌出の順序型に関する生物統計学的研究』である。

昭和四十三年九月、東京歯科大学より歯学博士の学位を受領した。学位を受領すると、「ＩＣＤ 国際歯科学士会日本部会」に推薦され、入会した。ＩＣＤの先生方は大学でも有名な教授や、研究で名前の知られる方々ばかりであった。私も推薦されたからには先輩と肩を並べられるくらい勉強して、皆さんの上に立つように頑張ろうと誓った。

この頃になると子供達も成長して、長男は私立中学に入学した。長女も小学校三年生になり、次男は小学校の新一年生だ。

研究所の一年の行事といえば、新年会に始まり、定例のＯＢ会や現役会があり、そこでは今研究している研究の報告や質疑応答が活発に交わされる。終わったあとには、「皆で一杯」と言って、飲み屋に行く。この時の会計が不明瞭であった。

割り勘でなく、いつも私が払うので損をしているのだ。兄貴は「お前が払っておけ」と言うが……。OBも現役も口を閉ざしてなにも言わない。

兄貴にしてみれば、学校を出してやったのは俺だ、と思っているのかもね。とはいえ、私としては年間七万円ほどの大学の授業料は、ほぼ自分のアルバイト代で賄っていたのではないかと思う。あの学生時代のアルバイトは酷だったと思っているし、小遣い二十円はやはり少なすぎだったろう。

私は板橋区の南常盤台駅前で開業していたが、義父との折り合いが悪く、家庭環境は良いとは言えなかった。駅前なので外は飲食店や飲み屋が多い。家と家の間に小便をされるなど不衛生である。そんなこともあって、私は意を決して、家の者には内緒で練馬区春日町に機械設備も整えた診療所兼居宅を造った。預かっていた二人の娘さんも、一人は東京歯科大学歯科衛生士学校を卒業、もう一人は東京都歯科医師会立助手学校を卒業した。

診療所の建設中、一日の診療を終えて食事後に出て行くので、義父は外に女がいるのだろうとか、家にいればいいたで、なにかといやがらせめいたことを言う。この日もまた「俺の家だ」と始まった。今度は「俺が家を出るから金よこせ」ときた。そこで私は言った。

「大変長いことお世話になったが、私は診療所と居宅を造って、いつでも引っ越せるようになっているので、明日からでもいいですよ」

義父は返す言葉すらなかった。

布団と食器だけあれば生活できる。翌日にも診療所を閉鎖して、保健所、区役所の出張所で住民票を板橋区から練馬区へ移し、板橋区歯科医師会に退会届を出し、転出の手続きはすべて完了だ。

昭和四十四年四月、練馬区春日町に歯科医院開設。保健所、区役所に開設届、練馬区歯科医師会に入会届提出。

開院と同時に患者さんが多勢来院し、私一人ではとても診きれないので代診や衛生士、助手を募集した。一日の患者が八十人なんていう日が何日も続いた。当時は口腔衛生の重要性が周知されておらず、患者の口腔状態も悪く、子供は虫歯、大人は虫歯と歯周病が多かった。大人の悪い歯は抜歯、歯肉の状態がよくなれば補綴を行う。

練馬に診療所を開設して十数年たった頃、全面的にリフォームしようと計画した。裏の駐車場を仮診療所にして、約八か月頑張った。担当してくださった建築屋さんはとても優秀で助かった。

子供達の教育も終わり、診療所の後継ぎには長男をと考えていたが、学生時代・大学院時代もあまり家に寄り付かず、大学院を修了した時、研究人として学校に残るか、ここの診療所を継ぐかを聞いてみたが、ノラリクラリと、きちんとした返事はなかった。

私も歯科医師会でいろんな役職を持っていたので、次男が卒業後の一年間診療所を手伝ってくれたのは大助かりであった。次男にとっても、この一年間というもので世間を見る目が変わったと思う。彼はここを出て福島のほうで診療所を任されたが、練馬での一年は良い経験になったと言っていた。

誰が言い出したのかわからないが、私の還暦のお祝いをしてくれるという。平成三年のことだ。熱海温泉の池田屋旅館に集合とのことであった。この時の客人は二十人くらいだった。進行係は長男が担当した。皆さんからご挨拶やお祝いのお言葉を頂いたが、誰一人として満足なお祝いの言葉を述べる人はいなかった。それはあまりにも馴れ合いになっていたからかもね。本田昭三君、荻原先生、長兄、次兄もだ。

この時、長男に会計を任せた。おそらくお祝い金で賄えるだろうと思いつつ、足りないと困るからと二十万円を渡しておいたが、あとで会計の報告はなかった。残った金は自分の懐に入れてしまったのだろう。親子の仲とはいえ、残念なことであった。

突然の病気

平成十五年、七十三歳の時に左眼を突然失明した。私はこの年齢《とし》まで生きてきて、こんな衝撃を受けるとは思ってもいなかった。この日は土曜日で、楽しい「練北会」の集まりの夜。新宿三井ビル上階で暑気払いがあった。帰りに佐藤先生（千葉県在住）から「江古田の飲み屋に行きたいから案内してくれ」と言われ、そこへ連れて行って、先生と別れてタクシーを探している時には完全に見えなくなっていた。家に帰って「左眼が見えない」と言ったら「一晩眠れば治るわよ！」と妻が言うので、そっとしてその夜は寝たが、朝起きてもやはり見えない。日曜日であったがとりあえず文京区の大学病院の眼科に行ったのが運の分れ目であった。

網膜剥離の手術をするのに全身麻酔をする。クロロホルムが心臓にどれだけのダメージを与えるかはドクターとしての基礎、臨床においていやというほど叩き込まれているはずだ。導尿するにもカテーテルが膀胱まで届かず途中でやめているので、麻酔が切れてから尿が溜ってこれを搾ろうとした時に眼が再び出血するという始末であった。解剖をよく勉強しなかったドクターにはいつ命を取られるかわからない。

全身麻酔を二か月くらいの間に三回もやられ、三回目の手術の時は水晶体まで取られ、網膜ははがれたまま。これ以上は何もできないと思ったのだろう。治らないまま強制退院させられたのである。新卒のドクターと学生の研究材料にされてしまった……という、くやしい思いが残った。

こんな状態で納得がいかないので、年輩のドクターを訪ねて今までの経過を話すと、早速紹介状を書いてくれ、「明日、竹内先生のところに行きなさい」と言ってくれた。向かうは東邦大学大橋病院である。受付で眼科の竹内先生のところに行きたいのですと言って紹介状を提出した。眼科は左奥ですからそこでお待ち下さいとの指示だった。

しばらくして呼ばれたので、竹内先生に今までの経緯を説明し、前の病院でのことも話した。

「そうですか、拝見しましょう」

竹内先生は米国に留学して網膜剥離を研究し帰国された先生である。眼窩に麻酔するだけで、網膜不着の手術は充分できるのである。先生が米国で研究した竹内ガスなるものを眼の中に注入されて下向きに眠ること三か月。おかげで術後数年間は少し光を感じることができるようになったが、これはこれでつらい体験であった。長い病院生活で動くことも制限され、足腰も弱ったと思った。長い入院生活（両病院で七か月）も終わり、ようやく退院という運びになった。退院後は定期的に通院した。

人間ドックで胃カメラ、大腸の検査等も受けたところ、泌尿器科で前立腺肥大が見つかった。大きくなると尿が近く、残尿感を感じるようになる。気になるようになったら摘出したほうがよいと言われ、それから二年くらいたった頃より、尿の回数が多くなったので検査を受けた。「エコー検査によると、以前より肥大しているので、これ以上放っておくと最悪の場合、悪性に変化することも考えられます。早いうちに摘出手術をしたほうがよいと思いますが」と言われた。開腹して手術するとなるとまた全身麻酔かと思うが、やらなければなるまい。そこで、前立腺の摘出手術を受けた。先生は摘出した組織を病理組織検査で調べて、結果を報告すると言ってくれた。術後五日くらいで退院し、半月後に受診して、病理組織検査の結果も悪性ではなかったと報告を受けた。

練馬から東邦大病院までの通院は大変でしょうからと近所のドクター宛の紹介状を書いてくださった。術後約一か月の時に近くの泌尿器科で今までの経過を話し、今後よろしくとお願いした。すると、「少しの間は定期的に来院するように」とのことであった。

東邦大学大橋病院では内科と消化器科でも診察していただいていたが、一日がかりになるので、近所のドクター宛に紹介状を書いてもらい、今はかかりつけ医としてハートクリニックの循環器内科と消化器に通院している。このことは居宅介護支援センターにも届けている。眼科も同様に何軒か渡り歩いてようやく納得できるところを見つけ、月に一度定期的に受診して、目薬を処方していただいている。

年を取って、あちこちにがたが来た。こんな病気の問屋みたいな者が、歯科医師会や大学関連、東京歯科医師会及び国際歯科学士会などの役職を持っているのはどうかと思い、前立腺摘出手術を口実にすべての役職を辞任しようと考えるようになった。周囲からは相当抵抗があると思ったが……。

まず歯科医師会関連から、東京都歯科医師政治連盟理事長を辞任。東京都歯科医師会関連の役職及び委員を辞任。国際歯科学士会日本部会常任理事を辞任。

いろんな役職から身を引くことによってストレスもなくなり、体調もよく、平常人に戻った気分だった。

今まで活躍してきた医師会などの役職を辞して数年もたつと友人とも疎遠になり、お互いにそうなっていくのだと感じた。

外からはのほほんとした人生を送っているように見られているが、実は大きな悩み事がある。それは、私の大学時代の同級生にウン千万円という大金を貸したのだが、二十年以上たっても返してくれないことである。私も生活に支障をきたしているので毎日のように電話して交渉しているがらちが明かない。

今日は令和三年五月三十一日月曜日だ。九十二歳になってこんな目に遭うなんて想像もしていなかった。

リタイヤ以後

平成十九年三月に、次兄が多臓器不全で逝ってしまった。これで兄弟は誰もいなくなった。彼は酒をよく飲んだ。贅沢も人一倍したのではないかな。次兄の運営していた歯科研究所の今後のことは、歯科医をしている次兄の娘が、あとをしっかりやるがよい。

平成十九年の私達の金婚式は、ハワイで暮らす従兄五人が企画してハワイで盛大に祝ってくれた。

日本からの出席者は私達夫婦を除くと九人、ハワイの従兄五人とその子供達や孫達を含めると総勢六十人くらいで大いに盛り上がり、感謝感激のひとときであった。


八十代になって、小学校のクラス会（辰巳会）も最終会ということで、岳温泉に二泊三日の旅行をした。「これで終わりではさびしいよ……」という声があり、元気な人達は来年もまた集まりたいと言っていたが、音頭を取ってくれる幹事がいない。Ｙ・Ｍさんにでもお願いすれば、皆さんが集まれるように実行してくれると思うが……。

翌年、Ｙ・Ｍさんに頼んで宿を取ってもらい、元気な生き残りが集まり、旧交を温め合って昔話に花が咲いた。

私も足腰が衰えてきて、先が短いような気がしてきた。八十八歳の誕生日に妻からお祝いにといって杖を贈られた。いよいよ杖を頼りにするようになったか。かかりつけ医から、「これから先、何年健康で生活したいですか」と尋ねられた。私が「二〇二〇年のオリンピック、パラリンピックを見て、それらの評価を一年くらいしたら、死んでもいいと思っています」と言ったら「それならあと三年くらいは元気でいられるよう、私も頑張ります」と言ってくださった。

私が住む地区の医療と介護の相談窓口になっている施設のケアマネージャーの指導のもと、あれこれやっている時に役所から「要支援一」という通知を頂き、地域包括支援センターを利用するようにとの指示があった。そこでリハビリのプログラムを紹介され、週に一度、玄関まで車が迎えにきてくれて楽しくやっている。

平成三十年十一月から地域包括支援センターでリハビリを受け、杖もいらなくなったのに、二月になって介護認定士の訪問を受け、三月四日に「要介護二」認定が送られてきた。

地域包括支援センターに通所して杖がいらないくらいになったのに「介護二」認定とはどういうこと？　今思うに、介護認定士の質問の時に左眼を失明している（手術から数年で、また見えなくなってしまった）と話したことで介護二の決定になったのではないか。支援一から介護二のグループに変わったけれども、リハビリの内容は支援一とあまり変わらず、毎回楽しくやっている。

三年ぶりに慈恵高等学校の同窓会をやろうということになったが、今まで幹事をやってくれた者はアルツハイマーとか脳梗塞で入院中とかで、二期生の幹事は私一人だけしかいない。結局、二期生の出席者は三名だけだった。

私は一生を通して、木造建築ではあるが、自分の力で家を三回ほど建てている。しかし自分の部屋を持ったことがない。家を新築して引っ越しをすると本を紛失してしまうのである。専門書は一棚もない。

小さい頃から高校、大学まで、自分の部屋（机、寝室）がなく、小さなスペースがあればそれが私の勉強部屋であり、寝るところであった。
今は鉄骨鉄筋コンクリート造りのマンションに住んでいる。

令和二年一月に中国武漢で最初の感染が確認された新型コロナウイルスが、二月に日本でも確認された。安倍総理大臣（当時）が中国の習近平国家主席に遠慮して、中国からの入国を禁止しなかったことが、日本国内でコロナウイルス感染を拡大したとも言われている。

新型コロナウイルスは、高齢者や心臓病や糖尿病、喘息の持病持ちの方は感染すると死に至る危険性が高いという。そのため政府も地方自治体も必死になって外出の自粛を要請し、三密（密閉、密接、密集）に充分気をつけ、やむをえない外出にはマスクを必ず忘れずにと呼びかけている。

人間は弱い生き物であり、自然と調和しながら生きていく動物だが、いざ新型コロナウイルス拡大という目に見えない敵との闘いとなると、戦争を体験したことがない方々が多いためか、協調性に欠ける行動が多いように思う。

著者プロフィール

田中　雅弘（たなか　まさひろ）

昭和４（1929）年、福島県生まれ。
東京歯科大学卒業。
歯学博士。
現在、東京都在住。

雑草は踏まれても花が咲く

2021年８月15日　初版第１刷発行

著　者　田中　雅弘
発行者　瓜谷　綱延
発行所　株式会社文芸社
〒160-0022　東京都新宿区新宿１－10－１
電話　03-5369-3060（代表）
03-5369-2299（販売）

印刷所　株式会社フクイン

ISBN978-4-286-22849-5